내 얼굴이 도착하지 않았다

창비시선 477
내 얼굴이 도착하지 않았다

초판 1쇄 발행/2022년 5월 27일

지은이/이설야
펴낸이/강일우
책임편집/최수민 박문수
조판/박아경
펴낸곳/(주)창비
등록/1986년 8월 5일 제85호
주소/10881 경기도 파주시 회동길 184
전화/031-955-3333
팩시밀리/영업 031-955-3399 편집 031-955-3400
홈페이지/www.changbi.com
전자우편/lit@changbi.com

ISBN 978-89-364-2477-0 03810

내 얼굴이 도착하지 않았다

창비

차
례

제1부 · 당신이 없어도 되는 세계

010 목
012 저편
014 공중
016 심지음악감상실
018 이민자들
020 난민들
022 안개섬
024 붉은 달
027 백색
028 백색 그림자
030 하이드비하인드
032 도마뱀의 고백
034 유령 벌레들
036 봄여름가을겨울

제2부 · 공중은 한숨을 걸어놓기 좋은 장소

040 봄의 감정

042 저수지

044 빚

046 편집회의

048 비둘기와 인쇄소

050 밑

052 감열지

054 입 없는 얼굴들

056 개미 그림자

058 빨간불

060 리셋

062 개미집

064 증상들

066 위험 고압가스

제3부 · 나는 몇개의 거울을 들고서 달렸다

070 마트료시카

071 상자

072 랩

074 다국적 식탁

076 벽 속의 또다른 벽돌

078 자세

080 배달 소년들

082 열람

084 플라스틱 아일랜드

086 물고기 극장

087 설탕과 계절노동자

090 주민설명회

092 눈송이들

제4부 • 어제의 얼굴을 다 빠져나올 수가 없었다

096 월요일의 시

097 못

098 무국적 바람

100 북경 나비

102 웅덩이, 여자

104 가족 모임

106 사라진 것들

108 그림자와 재

110 그리고

112 개를 수식하는 말들에 관한 메모

113 텔레비전

114 걱정 인형

116 지구 위의 지구본

118 생장등

120 마트료시카

121 해설 | 강경석

135 시인의 말

제 1 부

당신이 없어도 되는 세계

목

백일홍의 목을 비틀었다
죽었으므로,
죽는 건 참을 수가 없으므로
한때 붉었던 꽃잎들도 모두 으스러뜨렸다

환하게 울던 너
가느다란 팔과 다리
사라졌다
네가 죽어버리자
파리지옥도
테이블야자도
기침하던 별들도
모두 죽어버렸다

창밖은 깜깜한 허공
눈먼 나비 한마리 날아가는 걸 놓쳤다

불이 모두 꺼져버렸다

죽는 건
죽어버리는 건 참을 수가 없었다

저편

목이 부러진 꽃은 바람을 증오한다

바람과 바람 사이 유리벽을
구름과 구름 사이 안개를 증오하면서
증오도 사랑이라는 걸
배워가는

저편

우리는 길게 누운 그림자를 접는다
반을 접고
반의 반을 접고
다시 반을 접어 마침내
발 하나로 서로를 업고 있는 그림자들

어쩐지 밤은 계속될 것 같았다

저편은
흐릿하게

안개등을 켠 세계

저편은
당신이 없는
당신이 없어도 되는 세계

공중

여자가 공중전화 부스를 발로 차고 있다
전화기에 대고 소리 지르다가
전화선을 뽑는다
아무 소리도 들리지 않는
전화기 저쪽 눈보라 치는 겨울 사막으로 걸어간다

사슴이나 노루가
나타날 듯한
어둠의 저쪽 울타리
총소리가 들린다
장대비가 쏟아진다
젊은 사내가 돌처럼 서 있다

여자는 전화기를 내던지다가
뽑히지 않는 전화선을 돌돌 손목에 감다가
감전된 얼굴로 공중을 바라본다

공중전화 부스는 커다란 울음통
울음으로 울음을 다 채운다

혼자 전화를 걸고
혼자 전화를 받는다

나무들이 그녀의 울음을 피해 길 안쪽으로 바짝 붙어 간다
거리는 거대한 공중전화 부스가 된다
전화벨이 계속 울린다
겨울을 건너온 파란 바다가 길가에 쏟아진다

심지음악감상실

동인천 뒷골목에 심지음악감상실이 있었다
상점들 모두 문을 닫고
유리창이 깨진 좁은 계단 아래
한 여자가 울고 있었다
한 남자가 내려오고 있었다
남자의 커다란 손이 여자의 얼굴을 때리고 있었다
여자가 맞다가 빌고 있었다

세상의 모든 음을 다 삼켜버리고 있었다
음이 음을 버리고 있었다

나는 여자의 옆을 지나가고 있었다
뺨이 얼얼했다
나도 같이 맞고 있었다

입속으로만 *미친 개자식아! 그만해!* 외치며
덜덜덜 떨고 있었다
가로등 뒤에 숨어 그녀의 그림자를 훔쳐보고 있었다

여자들 붉은 등 같은 빰
여기저기서 터지고 있었다

공실이 많은 빌딩과 빌딩 사이 어두운 골목길
바람도 길을 잃고 헤매고 있었다
달빛이 찢어지고 있었다
유리창이 깨지고 있었다

달력을 너무 많이 삼킨 여자들
귓속에서 개미만 한 여자아이들이 소리치고 있었다
큰 그림자가 물에 젖은 심지를 질질 끌며 어딘가로 데려
가고 있었다

이민자들

한국이민사박물관

한국이민사박물관에는
한쪽 소매가 잘린 간호복이 전시 중이지
사탕수수밭을 지나 에네켄 농장까지
낫과 주삿바늘까지
강제로 이주된, 끝없는 노동이 전시 중이지

모든 음식을 맛나게 해준다던
사탕수수로 만든 미원의 원조는 아지노모토
생활은 언제나 미개지의 바람이었지

사과를 모르는 벚꽃의 입들
어디서나, 여전히 법 위에 있는 망치들은 허공을 두드리지
우리의 머리통을 두드리지

억센 만주국의 땅, 콩은 아무 데서나 쑥쑥 자랐지만
몇알의 콩조차 가질 수 없어서
조선인은 외투의 한쪽 팔을 찢어서 팔았지

이민자들은

철로 위에 한쪽 발로 선 바람
항적을 쫓는 나비 그림자
흩어지는 비행운

그러니까
독일로 간 간호사들은 제3국에서 온 숫자에 불과했지
단지 주삿바늘이었어
그녀들 강제추방당할 때
간호복 한쪽 팔을 찢어서 끝까지 저항했지

"난 심장이었네"* 살아 펄펄 뛰는

그녀들 용기를 내서 운명을 바꿨지
찢은 한쪽 팔로 뚫린 심장의 구멍을 막았지
겨우 눈을 뜨고 살았지
그녀들과 함께 별들도 천천히 이주했지
가위와 주삿바늘과 링거병을 들고서

* 루시드 폴 「사람이었네」 중에서.

난민들

훙몽

카자흐스탄
그곳에서 왔다고 했다.

그녀는 남편에게서 탈출하려고 답이 수십개가 넘는 문제를 풀어야 했다.
그러고도 칼에 찔렸다.
피를 흘리며 뛰어내린 열차에서 간신히 살아남아 달리고 또 달렸다.
남편은 그녀의 뒤를 쫓아 달리고 또 달렸다.

속죄하지 마세요.
당신은 영원히 벌을 받아야 해요.

그녀는
바람이 수상하니 어서 해변을 다 받아 적어야겠다고 생각했다.

오늘은 어제보다는 달이 찌그러졌네요.
당신들이 한 말이 흔들리다가 등을 돌리네요.

카자흐스탄에서 도망친 그녀의 발밑은 저수지
천막 극장으로 들어가는 문 앞의 난민들
그 문을 열고 그녀와 그녀의 남편들이 사라졌어요.

문
앞문 옆문 뒷문
모두 닫아도 자꾸만 돌아오는 그녀와 그녀의 남편들

제발 용서하지 마세요.
여기 절망과 절벽을 더 가득 부어주세요.

죄만 남은 몸들이 검은 물이 되어 흐를 때

아직도 그녀는 물속에서 도망치고 있어요.

안개섬

당신의 거센 파도 속으로 천천히 들어갔지
물고기 눈물 속으로 사라졌지

눈부신 바다와 갯것들
동죽 껍데기가 무덤처럼 쌓인 마을들
키 큰 나무 위의 새들과 함께 사라지고

갯벌을 반죽하여 만든 도시
빌딩 숲을 뭉텅뭉텅 잘라내는 것들
안개인 줄 알았는데 떠도는 먼지였지

서로 다른 입을 탐하는
한 도시의 어둠 속에서

서로 다른 눈물을 흘리며
달빛을 지워가는 회색 도시에서

먼지가 되어가는 먼먼 불빛들

잘린 빌딩들이 섬처럼 떠 있는
당신의 신도시

유빙처럼 떠다니는 빌딩 섬들
사이
가라앉았던 바다가 서서히 떠오르는

붉은 달

낡은 옥상 간판 위
달이, 붉고 둥근 달이 나를 부르죠

물고기 상점을 지나
음악이 흘러내리는 거리를 건너
살인자가 다녀갔다는 잡화점을 지나
난 겁도 없이 핏물이 도는 달을 따라가요
어두워요
거리에는 역한 냄새
깨진 술병들
달이 사라졌어요
빌딩과 빌딩 사이 우물인 듯 빠져버렸죠

소음이 도시를 끌고 다녀요
빌딩 숲을 아무리 뒤져도 밤만 깊어가죠
어제는 달이 빌딩만 했는데
안 보여요

이 밤에도 비행기는 날아가는데

꽃들은 붉은 피를 흘리며 피어나는데

달을 찾아 온 거리를 쏘다녀요
빌딩 숲에 빠진 달을 건져내고 싶은데
내 눈은 줄 끊긴 두레박
안 보여요

이제 거리는 문 닫을 시간
내 심장은 물에 젖어 숨이 가쁘죠
술 취한 그림자들 사이로
어지러운 빌딩들이 꼭꼭 숨겨놓은 달
겨우 찾았어요
달이,
둥글고 탐스러운 달이,
전선줄을 타고 넘어가는
붉은 달이 보여요
감전된 듯
점점 검게 이지러지는 달

불 꺼진 길모퉁이를 벗어나는데
누군가 나를 바짝 쫓아와요
달과 함께 집에 들어와 재빨리 문을 잠갔죠

열쇠 구멍 밖에서 다급하게 나를 부르는 소리
달력을 찢다가 알았죠
내 얼굴이 아직 도착하지 않았다는 것을

달이, 붉은 달이
내 목 위로 둥둥 떠 있는 밤이었죠

백색

백색의 처연한 슬픔을 안다고 그가 말했다. 아는 것과 모르는 것의 차이는 구름과 노을의 차이 같은 것이라고. 우리는 어깨를 나란히 두고 걷다가 점점 멀어지기 시작했다. 각자 멀리 걷기 시작했다. 왜 바람은 그림자가 없는 것일까? 분명히 몸은 있는 것 같은데, 그런 질문은 겨울이 되기 십상이었다. 우리는 점점 서로를 모르는 척하고, 각자의 집으로 한발자국씩 더 들어가고, 집을 밖에다 내다 버리고, 또 집 밖으로 뛰쳐나오고, 집이 되어 안으로 걸어 들어가고, 안은 점점 밖이 되고.

백색 그림자

발이 없는 바지들
첨벙첨벙
무슨 수로 다리를 건너지?

여자가 끌고 온 부대 자루에서 검은 양복이 끝도 없이 나왔다. 아는 사람과 모르는 사람 사이에 나는 푹푹, 발이 빠졌다. 바지 위로 가을이 다 지나갔다. 세탁소에 걸려 있는 겨울이 눈 대신 먼지를 뒤집어쓰고 있다. 옷을 맡긴 여자는 병원 뒤쪽으로 황급히 사라졌다. 동생이 잠시 갇혔던 곳.

병원 옥상에는 늙은 사내들 한줄로 서서 절뚝이며 걷다가 멈추고, 또 걷고, 벽이 된 몸들 딱딱하게 굳어가고, 열리지 않는 문을 향한 눈빛은 점점 재가 되고, 희미한 정신들 하얀 환자복 입고 탈출 중이다. 하얀 눈꽃들 만발했는데 보지 못하고, 파리한 표정의 새들, 환자가 되어가는 불빛들.

너는 어느 그림자에게 끌려간 거지?

나는 아직 집으로 돌아오지 못하는 바지 찾으러 세탁소에

간다.

  푹푹, 발이 빠져 건너가지 못하는, 검은 다리들

  오후를 미리 끌고 가는 백색 그림자들

하이드비하인드

당신은 언제나 내 등 뒤에서
나를 감시하는 자
칼을 꽂는 자

벽과 벽 사이를 넘어설 때도
당신은 등에 달라붙어
나의 정면을 훔쳐 가지
닦아놓은 거울을 깨뜨리지

단 한번도 만난 적 없지
당신은 평생 내 뒤에서 나를 벌하는 자
거친 혓바닥으로 머리카락에
흐르는 죄를 받아먹는 자
발을 지운 당신은 경계를 침범하는 자
간유리처럼 늘 희미하게 끼어 있는 자

당신은 등 뒤의 괴물
나비를 쫓는 밤의 눈에서도 내 뒤통수를 파내지
웅덩이에서 나의 정면을 건져내지

아무리 고개를 돌려도
결코 바라볼 수 없는 하이드비하인드
한번도 본 적 없는 나의 뒤통수

꼭꼭 숨어 그림자를 다 파먹는
나의 나
나의 애인인 뒤통수들

도마뱀의 고백

새의 그림자를 갉아 먹으며
악마나뭇잎꼬리도마뱀이 지나간다

봄날, 우리는 각자 우울한 검은 잎들을 흔들고 있었다
생활의 바닥에 자꾸만 떨어지는 이파리들
파랗게 질려 있다

우리는 비밀 하나씩 고백하기로 했다

난쟁이 아저씨가 처음으로 여자의 가슴을 만져봤다고,
그녀는 한때 남자였다고, 어렵게 고른 말을 뱉었다
모두 웃었지만,
그만 웃지 않았다
도마뱀이 꼬리를 자르고
창문 너머로 달아났다

중년의 곱슬머리 여자는 굳은 입을 한참 만에 열었다
할아버지가 아버지였다고,
엄마의 시아버지가 아버지라

한번도 부를 수 없었다고,
고백 끝에 울음을 터뜨렸다
여자의 고백은 모든 고백을 빨아들였다
산허리가 휘어지도록 여자의 울음이 그치지 않았다

고백이 산을 넘어가고 있었다
고백이 고백을 넘어가고 있을 때,
도마뱀이 꼬리를 찾으러 창문을 넘어왔다

나는 비밀을 고르고 고르다가 그만 다 삼켜버렸다
도마뱀이 벽을 옮겨 다녔다
모서리에 죽은 듯이 멈춰서 다음 고백을 엿듣기 시작했다

유령 벌레들

내가 그 벌레를 본 것은 시계 분침이 13에서 14로 지나가고 있을 때였다. 때마침 너는 나에게 전화를 했다. 너는 나에게 자꾸만 전화를 걸고, 나는 나에게 계속 전화를 걸다가 너를 다 놓쳐버렸다.

> "먼지가 엉키면 흙이 되고, (…) 먼지의 진액은 물이 되고, (…) 먼지가 움직이면 바람이 되고, (…) 여러가지 벌레로 화하는바, 오늘 우리 사람이란 곧 이 여러가지 벌레의 한 종족일 것입니다."*

나는 그 벌레의 정체가 궁금해서 못 견딜 지경이었다. 벌레의 형체를 그림으로 그리고, 그것을 표현하려고 발이 여러개 달린 것처럼 기어다녔다. 8절 도화지 위에서 벌레는 눈물을 뚝뚝 흘릴 듯이 슬픈 표정이었지만 동정이라곤 전혀 일지 않았다. 나는 그것을 입말로 풀어내기 위해 끙끙댔다. 그때, 한 문장이 지나갔다.

"뒤돌아서 벌레의 길을 가라"

그러자 어디선가 날아온 벌레가 내 목구멍 속으로 사라졌다. 작은 발가락들을 꼬물거리는 알이 꽉 찬 벌레가 내 배 속에다 몸을 풀었다. 나는 이제 벌레를 사랑해야만 하고, 벌레를 살아야 할 것이다. 꽤 오래된 시간이 나를 끌고 다녔나?

내가 비로소 벌레가 되었을 때,
벌레의 한 종족으로 화했을 때,

나는 벌레의 밖으로 간신히 빠져나올 수 있었다.

* 박지원 「곡정필담」 중에서.

봄여름가을겨울

봄여름가을겨울
다시 겨울
겨울은 손목이 가는 눈발

지난겨울은 잘 있습니다
그때 내린 눈은 아직 다 녹지 못한 채
올해는 올해의 눈이 내립니다

우리는 흩뿌려진 눈처럼
몇년째 만나지 못했습니다
역병은 거리의 불빛을 모두 잠재우고
햇빛도 모두 먹어치웠습니다

눈송이들은 눈송이들과 함께 흩어지면서
하염없이 내립니다
내리는 눈이 하나로 뭉쳐진다면
땅은 커다란 눈사람
하늘은 거대한 빙하
나는 보이지 않는 눈송이

밤 속에서 밤이
밤을 다시 열리고 갑니다

봄여름가을겨울
그리고 겨울
겨울은 봄을 만듭니다
봄은 나비를 만들고
나비는 숲을 부드럽게 만듭니다

일년 내내 슬픔은 슬픔을 말하려고 합니다
그렇지만

오늘은 오늘의 마음을 다 쓰겠습니다

제 2 부

공중은 한숨을 걸어놓기 좋은 장소

봄의 감정

봄날,
죽은 등을 갈아 끼운다

불 꺼진 영혼 다시 깜박인다
검은 나뭇잎들 흔들리는 봄의 가장자리

아침마다 죽은 문패들이 바뀐다
집을 버린 문패들은 옛 애인처럼
그렇게 멀리 가지는 못할 것이다
검은 유리는 계속 만들어지고
고양이들은 밤의 감정을 노래한다

서랍 속에서 시들어가는 못 쓰게 된 달력들
삼월에 내리는 눈처럼 봄을 망쳤던 시계들
몇년째 죽지도 않는 어항 속 회색 물고기 같은 것들

봄날,
아무리 지워도 지워지지 않는 얼룩들, 과욕들
꽃 피우려 해도 피지 않는

벼랑 아래로 자꾸만 굴러떨어지는 검은 나뭇잎들
아직 다 가보지 못한 당신 같은
언젠가 당신의 장례식 같은
봄의 감정들

봄날,
죽은 등을 갈아 끼워도
꽃이 피지 않는다

저수지

검은 파도를 바라보며
내가 빠뜨린 봄을 천천히 마신다
물안개처럼 흩어지는 얼굴들

어둠을 말아놓은 종이컵처럼
쉽게 구겨지는 마음
찢어지기 싫은 마음

컵의 안쪽은 뜨겁고 시끄럽다

생각은 흘러간다
없어지는 것 같다가
더 많이 나에게 달라붙는다
나인 것처럼
달라붙어 걷잡을 수 없이 불어난다

검은 숲과 새들이 몰려오고
별들이 지나가다 빠지고
바람은 축축하게 젖어 더러워졌다

내가 손을 놓친 그림자들
다 쓰지도 버리지도 못한 어제의 얼굴들
물풀처럼 서서히 떠오른다

빚

네가 옳았고, 내가 틀렸다

바다는 이천원이었고
찬장에 숨겨놓은 햇살은 삼천원이었다
싱싱한 바람은 할인 품목이었다
고양이는 분홍 발로 카펫에 빗물을 찍어놓았다
혼자 비를 맞고 있었다
네가 좋아하던 달빛은 내일 밤에 들이기로 했다
빚을 지지 않았다고 생각했다

바닷물이 흥건한 너의 집은 삼십만원이었고
파도가 넘쳐오던 텔레비전은 십이만원
내가 갖다준 물빛 식탁은 영원
너의 눈물은 마이너스 통장
갚을 수도 없는, 대출 받은 햇빛 사이로 구름이 이동했다

네가 사라진 날, 조개는 미역국 속에서 입을 벌리고
바다를 조금 내놓았다
껍데기가 집이었는데, 너무 딱딱해서 발을 들여놓을 수

없었다

그 집을 내다 버렸다
붙어 있던 관자에서는 썩은 냄새가 났고
문이 잘 닫히지 않았다

내가 산 바다는 이천원이었는데
너는 바다를 공짜로 쓸 줄 알았다
바다 바닥까지도

딱딱한 껍데기 안에서 흘리던
너의 눈물이 옳았다

편집회의

너는 배 속에 오이가 있다고 했다
이불을 몇채 샀다고도 했다
검은 옷을 입어야 한다고 했다
여기서 한발자국만 옮기면 된다고 했다
골머리 앓던 뇌의 퓨즈가 끊어지고
링거 호스를 타고 오이색 담즙이 흘러내리고
노란 얼굴로 문자 온 거 없냐고 했다

그런데도 나는 편집회의를 했다
카톡으로 페미니즘 유토피아 이야기를 잠깐 나누었다
페미니즘과 유토피아는 무슨 상관이지
유토피아는 지금 너에게 빚을 얻어 건설된 곳 같기만 한데
나는 머리말도 쓰고
목차도 점검하면서
무얼 더 걱정하는 건지
교정지에 올라온 거짓말을 찾아내다가
너와 나의 무수한 거짓말로 편집된 날들을 잘라냈다
너의 인생을 편집했다

너는 집 안에 수백명이 들어왔다고
수돗물을 틀어놓고 밤새 동네를 돌아다녔지
나는 수백명이 보는 잡지의 편집회의를 하면서
너의 수백명에 대해서 생각했다
모두가 모두에게 거짓말을 쏟아내는 밤

너는 죽어가는데
나는 이런 식으로 살아 있다는 거
끝나지 않는 회의를 병실까지 끌고 와서
나만 살겠다는 건지
기도는 누구한테 하는 건지

수백명의 그림자가 병실로 들어오는 밤
별들이 너의 유토피아를 견인해 가고 있었다

비둘기와 인쇄소

1

비둘기 몇마리
정지된 심장은
도로가 되어갔다

2

마지막 교정지에 앉힐 사진의 보정 작업이 끝나고
인쇄기 속으로 글자들이 넘어가자
비둘기들 구구구구 한마디씩 활자가 되어
밖으로 뛰쳐나왔다
깃털은 바람이 되었고
날개는 글자들을 공중에 매달았다

우우우우 오늘은 안개처럼 희미하고
어제는 벼랑이 폭풍을 감췄지
우리는 많은 말로 입술을 잃어버렸지
너무 멀리 가느라 발바닥이 지워졌지
우우우 너무 많이 참느라 심장이 뭉개졌지

3

마지막 글자가

비둘기를

천천히

일으켰다

밑

구름과 구름 사이로 달이 사라졌다

밑이 다 빠질 것 같다던 너는
더이상 내려갈 수도 없는
밑으로 내려가
밑의
밑이 되었지

돌아오지 않는 것들은 이름이 지워졌다

걱정 말고, 잘 있어
이제 잘 있어도 돼

모두 하늘을 보기 위해 물구나무서는 밤
너의 엄마가 되어주지 못해서
너의 딸이 되어주지 못해서
이곳은 여전히 아득하고 아득한
밑의 밑

아침이면 누군가 실려 가고 실려 오고
응급차 소리는 이제 도시 곳곳의 노선이 되어버렸지
네가 먹던 알약들이 쏟아지는 밤

나는 안녕해
네 슬픔의 밑바닥을 천천히 답사하는 중이야
밤 고양이들과 함께 도시의 빈 병으로 나뒹구는
나는 너무 안녕해

노란 알약이 흩날리는 꿈속에서 꾸는 꿈
생의 밑이 다 빠져나가고
중력을 놓친 것들
물구나무서면 밑은 하늘이 되겠지
그 하늘에 줄줄 새는 것들 모두 돌려보내면
너는 쏟아지겠지
햇빛을 발로 툭툭 차던 내가 되겠지

감열지

영수증을 재활용 종이로 알았다
내가 분류하고 나열한 생의 종목들
하나같이 구질구질한 쓰레기였다

생각의 꼬리를 잘라 분리배출한다면
어느 곳에 산 채로 던져질 것인가?
꼬리는 꼬리를 물고 늘어지는데
죽지 않는 생각들
버릴 곳 없어 내 안을 빙빙 돌고 있다

까마득한 날들 후, 벌판의 나무로 결코 돌아갈 수 없는
종이와 새의 심장들
내 생각의 꼬리들

감열지 위의 숫자들
썩지 않을 생활의 기록들
물 위에 재생되는 과적의 그림자들
절대 분리배출될 수 없는 것들

제자리에서도 바삐 가는
발바닥을 오려둔다
입속의 열쇠를 삼키고
도마뱀 꼬리처럼 생각을 자르려다
내가 먼저 잘려 나간다

입 없는 얼굴들

청명에 청명하지 않은 날들이 지나가는 중
먼지처럼 둥둥 떠다니는 중

닫힌 문들을 지나면 또 닫힌 문들
입 없는 얼굴들 거리를 떠도는 중

당신은 모든 문을 잠시 걸어 잠그고
바닥의 바닥까지 내려가야 한다고

나는 바닥 같은 건 다 가보지 못해서
겨우 혓바닥 위에서 돌멩이들과 함께 굴러다니는데
물 위에 간신히 떠올라 숨을 내쉬는데

나는 매일 둥둥 떠다니는 중

불꽃놀이 끝에 질식할 것 같은
상춘객의 표정으로
떨어진 얼굴들을 밟고 있는 중

비명을 지르던 내 얼굴들

눈물을 퍼 올리던
맨 밑바닥으로
천천히
밧줄을 던지는 중

개미 그림자

1

개미 다리 한개를 밟고
눈이 찔린 날은
저녁 해를 질질 끌고 다니면서도
해를 알아보지 못했네

개미 다리 두개를 밟고
발바닥이 찔린 날은
달이 나뭇가지에 걸렸지

개미 다리 서너개를 밟고
일년이 다 상해버렸네

거울 속 거울로 걸어 들어가는
검은 개미장
늘이고 늘여 길이라고 간다네

너는 살아 돌아와 달력을 넘기네
한장, 두장 넘기다가

날짜를 집어삼키네

작고 작은 그림자들
서로 부딪치다가
벽 속에 들었네
벽이 되었네

2

그림자의 일들은
아득하고 가득해
다 기록할 수 없네

빛이 문밖으로
빠져나가 뭉개진 날들처럼,

빨간불

견인된 차를 찾아오다가
교차로 한가운데 고립되었다
내 앞에 불법주차한 외제차는 견인되지 않아서 분개했을 뿐인데

내가 건넌 건 분명 파란불이었는데
어느새 빨간불로 바뀌었다

늘 위험한 빛들이 뒤따라와 무감했는데
이따위 신호등 불빛이 나를 공포로 밀어 넣다니,
죽음에는 무력한 내가 어색하게 서 있는 생사의 한복판
파란불까지는 길고 멀었다

그것은 일생의 어느 지대에서 순서를 기다리는 제사

불빛이 바뀌고 차들이 길을 만들고 있는데
유모차에 강아지를 실은 노파가
사선으로
길을 하나 더 내면서 건너갔다

오직 길만을 위해
도로에 매달린 느린 두 다리
자동차들을 밀어내고 있었다
파란불을 마비시키고 있었다

느린 시계 밖으로 재빨리 지나가는 바퀴들,
길들을 바꾸고 있었다

리셋

고장난 컴퓨터를 리셋했다
인터넷을 설치하지 않으니 바이러스가 저절로 차단되었다
악성 발톱들 뒷걸음으로 사라졌다

마음의 지진도 잠시 멈추었다
아스팔트도 고요해
지층 아래로
저 아래로
물방울이 한방울씩 천천히 떨어지는 소리까지 들렸다

산업을 멈추니
푸른 하늘이 돌아왔다고
여행객들이 돌아가니
강물이 환하게 뒤척인다고
별들도 빼곡하게 살아났다고

뒤틀린 질서의 계단
떨어지는 간판들

들끓는 지구를 휘휘 저어서
곤죽이 되도록 휘휘 저어서
새로운 지구를 만들었지
서로 등만 바라보는 마스크족을 탄생시켰지

무인상점 앞에 선 한숨이
한 숨, 또 한 숨을 건너가고 있다

위험 고압가스

거미집이 비바람에 흔들린다
그냥 같이 살까?
바람은 거미 그림자들을 쫓아버리고
나는 잘려 나간 거미줄처럼 흔들린다
당신은 웬만하면 같이 살라고 했지만
새끼까지 검게 매달린
거미집을 기어이 부수고 길을 나선다

폐가 앞 해바라기가 목이 꺾인 채 빗물에 젖고
나도 함께 젖고 있다
비는 내리면서 죽는다
상처처럼 점점 벌어지는 길들
남는 건 없었다

쓰러진 돌들
간신히 일어나 굴러가는데
위험 고압가스 스티커를 두른 트럭이 비상등을 켜고
내 앞에 멈추었다

쓰러진 해바라기를 밟고 지나가는
위험한 가스를 가득 실은 트럭
안개처럼 가슴에 차오르는 가스
입으로는 다 말 못하지
어디선가 새어 나오는 연기처럼 사라진 것들
조심해요
당신 입에서도 가스가 새어 나와요
어느 마음이 흘린 것일까
희미한 안개의 사방
불을 붙이면 터질지도 몰라요
나는 가스등이 꺼진 골목을 지나 안개의 끝까지 가본다
어디선가 또 태어난 거미들이 집으로 모여든다
같이 살자고
위험하게 긴 줄을 늘어뜨리고
다시 집을 짓고 있다

제 3 부

나는 몇개의 거울을 들고서 달렸다

마트료시카

나는 몇개의 거울을 들고서 달렸다

똑같은 것들이 슬퍼 보였다

죽은 지 오래된 얼굴들은 더 안쪽 깊은 곳에 있다

상자

나를 저 상자 속으로 구겨 넣는 법을 생각한다
슬픔을 닮은 단어들을 다 끌어안고
나를 온전하게 접어서 집어넣는 법

고양이가 상자 속으로 사라졌다
나는 고양이만 한 상자
그 상자만큼만 아프기로 한다
기쁘기로 한다

나를 저 상자 속으로 구겨 넣는 법
고양이가 말해준다
고요한 눈으로
침묵하는 입술로
세상을 다 담아버린 귀로

나는 천천히 고양이가 되어간다
상자가 되어간다
나무의 슬픔을 닮은 밤을 천천히 묶는다

랩

바람 인형이 허리를 굽히며 춤추는 초특가 할인 상점
카트들이 줄지어 들어간다.

커다란 시계가 천장에 매달려 흔들리고
대형 냉동고 안은 죽은 물고기들로 가득하다.
랩을 붕대처럼 감고 있는 싱싱한 채소들
저울 눈금 속에서 흔들리는 것들

카트가 멈추다가, 지나간다.
유통기한 임박한 돼지고기들
점원은 랩을 뜯어버리면서도, 감사합니다.

"랩은 쉽게 찢어지지 않는 속성이 있습니다."

오렌지는 정말 오렌지 같고
생새우는 정말 생새우 같은데
나는 더이상 나 같지가 않고
랩처럼 얇은 막이 둘러쳐진 나를
카트가 끌고 다닌다.

이동 잡화점이 된 카트들 계산대 앞에 서자
비닐 얼굴들 위로 바코드 스캐너가 지나간다.

"랩을 얼굴에 두를 경우 질식할 위험이 있습니다."

카트가 바람처럼 다 빠져나간 문 닫은 상점
바람 인형도 바람에 실려 가고
축축한 밤안개가 랩처럼 거대한 도시를 감싼다.

양손 가득 집에 도착한 나는,
얇은 플라스틱 막을 찢고 한쪽 발을 문안으로 들여놓는다.

지붕 위에는 별들의 성시(成市)

질식한 얼굴들 위로 랩이 잠처럼 내려앉는다.

다국적 식탁

아프리카 기니산 조기 눈이 하얗게 변할 때까지
뒤집히고 뒤집힌 배가 검게 그을릴 때까지
기름이 연기가 될 때까지
밤을 벗어난 아침은 상을 차린다
차례와 제사는 하나의 형식

페루산 오징어와 칠레산 포도
기니산 조기와 미국산 오렌지
국산 도라지도 올라간다

허겁지겁 식사를 하는 검은 눈에 쳐진 그물들

'내년이면 이 집도 슬픔이 한숟가락은 줄어들 겁니다'

뒷밥을 문밖에 내놓는다
지나가던 검은 눈의 방글라데시인 칸씨도
터키인 쉰메즈씨도
중국인 리우씨도
탈북인 김씨도

형태를 알 수 없이 일그러진 무연고자씨도
허겁지겁 음복하는 문 앞
한술 뜨는 수십개의 손들
젓가락이 놓친 공기들
서로 다른 국적을 가진 조기의 눈들처럼

텅 빈 입이 둥둥 떠다니는 씨들
생이 일찌감치 거덜 난 씨들
다시 발이 없이 멀어지는 씨들

칼끝이 바깥으로 향하는
다국적 식탁 앞에서

벽 속의 또다른 벽돌*

우리는 벽을 조금씩 밀었다

한 손에는 꽃을 들고
한 손에는 죽은 물고기를 들고

반대편에서 던진 벽돌로 벽은 높이 올라가고 있었다
각자 던진 벽돌을 세면서

어차피, 벽엔 또다른 벽돌이 쌓이겠지
어차피, 넌 벽 속의 또다른 벽돌일 뿐이야

한 발과 또다른 한 발이, 벽 아래 그어진 금을 넘는다

그것은 벽 속에 낀 그림자를 꺼내는 일
우리가 우리를 넘는 일

조금씩 허물어지던 벽이 등을 돌려,
우리는 각자의 얼굴을 깨기 시작한다

* 핑크 플로이드 「Another Brick in the Wall」 중에서.

자세

동인천역 지하상가 계단 아래
모자를 거꾸로 붙잡고 든 사내
바닥과 하나된 자세로 엎드려 있다

누군가 동전을 넣자
모자 속으로 다보탑이 사라졌고
누런 벼 이삭은 고개를 숙인 채 떨어졌다
또 누군가 두루미가 새겨진 동전을 넣자
사내의 손이 날아가는 두루미 목을 잡고
주머니 속으로 얼른 집어넣었다

태양이 태양을 벗어나는 오후
사내는 모자를 눌러쓰고 지상으로 나와
거미줄처럼 이어진 밥줄 끝에 매달렸다
주먹밥 두개와 국 한그릇 받아 들고 구석으로 들어갔다

회색 비둘기들이 광장에 모여
별들이 엉키는 저녁까지
제 가슴의 깃털을 뽑으며 이슬방울을 마신다

밤의 밖으로 밀려난 그림자들
슬픔의 동업자들
서로 떠나온 역을 등지고 앉아
구부러진 그림자를 파먹는 그림자들

빛이 모두 빠져나간 원형 광장에서
각자의 자세로 영혼을 재운다

매일 다른 밤이
같은 내일을 데려온다

배달 소년들
아스팔트

파도를 강제로 매립하였다
식어가던 물고기 눈동자들이 파묻힌 곳

검은 바퀴들이 휩쓸려가고 휩쓸려오는 아스팔트
길들이 여러갈래 갈라지다가 다시 만나 흘러가는데
흘러가는 것들을 가만히 흘러가지 않게
자꾸 막아두었다

배달 가던 소년이 아스팔트 위에서 오토바이와 함께 쓰러졌다
일분 일초 때문에 빨간 신호등을 마음에서 꺼버렸다
튕겨져 나간 짧은 생
가파른 길을 다 못 가고
마지막 생의 출구
부러진 화살표와 함께
흰 선 안에 갇혔다

구원의 빛은 언제나 희미하게 멀어지고
허공 어딘가 깊은 저수지 속으로

비둘기 한마리 뛰어들었다
깃털들 사방으로 흩날리고

소년의 시간은 정지되었고
차가운 죽음이 새로 배달되었다

다시 검은 뱀들이 경주하듯 아스팔트를 속속 빠져나가고
있었다

열람

동네 도서관 열람실로 매일 출근하는 J씨는 긴 책상 끝에 앉아서 사각사각 책을 갉아 먹는다. 그가 언제나 열람하는 책은 요리책, 진수성찬을 꿈속 가득 펼쳐놓는다. 책을 보다가 졸다가 가끔 알 수 없는 잠꼬대를 한다. 생수병과 함께 누워 자다가 바다 위에서 해산물 요리를 실컷 맛본다. J씨가 먹는 요리에는 지중해의 파도가 섞여 있다. 책상이 출렁거린다.

J씨와 늘 대각선으로 앉는 R씨는 만화책을 본다. 공상보다 더 공상 같은 삶이 실종된 공상만화를 아침부터 저녁까지 보다가 잠을 자다가, 깨다가 또 자다가, 저녁에는 취업정보실 컴퓨터로 벽돌깨기 게임을 한다. 벽돌이 날아오던 날들이 무한 반복, 재생된다. 그는 날씨보다 먼저 오는 사람. 장우산을 들고 공원을 끌고 다니는 사람. 우산이 있어도 비를 맞고 다니는 사람.

M씨는 항상 조끼 안에 팔이 잘린 셔츠를 입고 있다. 오후가 되면 오후처럼 오후를 들고 온다. 그는 언제나 묵언 정진, 눈을 감고 물을 먹고, 눈을 감고 책을 본다. 휴게실에서도 쉬

지 않고 묵언으로 정진한다. 그러다 한꺼번에 눈이 내리는 사람. 가끔 안 보이는.

세 사내는 몇년째 도서관 열람실에서 자신의 생을 열람하고 있고, 빙하쥐가 지나다니는 책상 위에서 나는 매일 그들을 열람한다. 비가 쏟아질 것 같은 수요일은 휴관일. 일본 석물이 남아 있는 언덕 위 도서관에 가면 그들을 만날 수 있다. 각자 열람실 책상 모서리에 앉아 졸고 있다. 뾰족한 모서리에 옆구리가 찔리면서 그들은 꿈속에서 시든 안개꽃이 놓인 식탁을 천천히 먹고 있다.

플라스틱 아일랜드
검은 눈송이들

너는 녹고 있었다

빙하 조각에 간신히 매달린 앙상한 곰 한마리
북극 섬까지 간 오뚜기 마요네즈 통과 함께
내 손바닥으로 흘러내리는,

너는 아침이라고 말하고
나는 저녁이라고 말하는
날들이 또 지나간다

그래 지나간 것은 아름답지
아름답다고 믿어야 아름다워지는 우리는
문 열린 냉장고가 쇄빙선처럼 지나가는
플라스틱 섬과 섬 사이
검정 비닐봉지를 뒤집어쓴 채
매일 떠다닌다

동굴 속에서 인간을 꿈꾸던 곰의 얼굴
창을 열면 눈사람처럼 내려온다

어제의 눈송이들과 내일의 눈송이들 함께 흩날리고

너는 녹고 있었다

빙하처럼

검은 눈송이처럼

물고기 극장

지난해는 은어떼가 많이 돌아왔다고 누군가 등 뒤에서 말했다
유리벽 안에 갇힌 은어들
박제된 수리부엉이 눈 속으로 태풍이 지나갔다

태풍의 기억이 물 안에서 흔들리고
물결은 물고기들의 그림자를 놓치고
나는 물속의 산책자가 된다

꿈속에서 물고기의 반이 내 가두리를 빠져나갔고
부두로 달려간 사람들이 들고 온 물고기들을 세다가 잠에서 깼다
나는 부두로 달려간 사람들의 표정을 하고서
은어떼의 물결 속으로 들어갔다

새로운 날씨를 물속에 새기는 오늘
은어다리를 건너가던 별들이 물고기 극장 위에 떠 있다

설탕과 계절노동자

1

초대받은 곳에는 가지 않았다
가기 싫었다
내가 나를 한번도 초대하지 않은 방에
아침 달이 찾아왔으므로

내가 나를 다 허락할 때까지
가지 말 것
내게 달콤한 것이
당신에겐 독이라는 것
강요하지 말 것

곧 부러질 높은 나뭇가지를 잡기 위해
온 생애를 쏟아붓는
무모한 날들, 반대편에 서기로 한 날은
지붕이 무너져 내렸다

2

우리는 누대로 이민자들, 난민들

계절노동자들이 세상 곳곳에 눈물로 배달했던 설탕은
달콤하게 녹아내리는데

궤도를 잃고
헤매고 또 헤매는
발바닥이 타들어가는 우리는
재 묻은 얼굴을 서로 닦아주었다 굴뚝에 갇혀
*글뤽 아우프! 글뤽 아우프!**
안부를 묻는다

3

계절과 설탕을 교환하는 아침
식탁은 빙하처럼 흘러내리는데

측량할 수 없는 검은 시간이
파이프를 타고 지나간다 물과 전기 그리고 분뇨
발밑까지 부끄러워진, 나는

무언가를 자꾸만 잃어버렸다

몸에서는 극지의 말들이 쏟아졌다

결국
초대받은 곳에는, 어제 본 바다를 대신 보냈다

* Glück auf. 광부들이 탄광에 들어갈 때 살아서 돌아오라는 뜻으로 서로에게 전하는 독일어 인사.

주민설명회

바다횟집에 앉아 전어를 주문한다

불빛 환한 수족관 안에서 전어 한마리가 뒤집혔다
수족관은 전어 한마리만큼만 죽어 있었다

한낮에 열린 주민설명회 이야기를 하고 있는데
전어회가 나왔다
변명만 늘어놓다가 끝난 설명회처럼 살점이 잘려 나갔다

저녁에 만난 일본 학생이 준 그림책 표지에는
이런 글이 보였다
"이것은 그림이 아니라 낡은 액자이다"
선물 받은 과자를 다 먹고 나니 조그마한 인형이 나왔다
인형은 성냥개비처럼 마르고 또 죽어 있어서 먹을 수가 없었다

수족관에서 뒤집힌 전어와 방금 죽은 전어
내 배 속에서 가시들이 파도를 일으키며 먼바다로 흘러간다

별이 지나가는 밤들이 수족관에 가득했다
"이것은 낡은 액자이지 수족관이 아니다"
나는 중얼거리며
오래된 밤들을 액자 속으로 들여보냈다

눈송이들

틀어놓은 수도꼭지에서는 지난겨울이 쏟아졌다.

새벽에 너는 맨발로 눈사람들과 어딘가로 가고 있었는데
도착한 곳이 말소된 집, 끝 방이었다고
나는 눈송이 같은 하얀 밥을 꾹꾹 담아 먹였다.
우린 아주 잠깐 웃었다.

얼마 전에 너는 죽었다고 말하려다가
그만두었다.

네가 검은 옷을 달라고 해서
벽장 속에서 잠자던 원피스를 깨워 입혔다.
너는 구겨진 날개를 잘 펼쳐서 어느 틈인가로 빠져나갔는데
그곳이 어딘지 알 수 없었다.

길 밖에서 너를 기다리던 눈사람들이 녹고 있었다.
나는 네가 알 만한 사람들의 목록을 적다가 지워버렸다.

최후의 눈송이들이 흩날리다가 멈추던
꿈의 조각들을 떼어다가 새집을 지었다.

춘분 지나
청명 지나
맑은 하늘이 다시 찾아올까
좋을 것도
싫을 것도 없는
자꾸만 눈을 찌르던 햇살처럼 많은 날이

너 없이도
지나가고 있었다.

제 4 부

어제의 얼굴을 다 빠져나올 수가 없었다

월요일의 시

이 노래에는 집이 없어요

집은 나갔다가 일요일이면 그늘을 끌고 돌아와요
시계는 비밀 상자 속에서 자라는 나비

꿈속에서도 꿈들이 연결되어 있어요
우리도 연결되어 있지 않나요?

아침부터 취한 책상이 흔들려요
월요일처럼 그대의 입술은
늘 다시 열려요
꽃나무를 버려도
꽃이 나를 따라와요

내가 찢은 꽃잎이
유리창에 붙어 어딘가로 실려 가는 밤

그래도 나는 노래를 팔지는 않아요

못

형벌

토우의 얼굴로 못을 삼킬게

그래도 나를 용서하지 마

돌망치로 못을 박는다
못은 벽이 되어간다

못에 찔리면서
벽은 점점 못이 되어간다

못이 되어
못을 다 삼킨다

무국적 바람

당신이 내 그림자 안에 발을 들여놓자
계절 하나가 새로 태어났지

당신은, 어느 해 불어닥친 무국적 바람
나는 햇빛을 들고 있다가 휘청거렸지

당신을 만나기 위해 온갖 구름을 겪었고
노을 속에다 꽃을 숨겨놓았지

새를 삼킨 입술
번개의 씨앗을 품은

당신을 다 받아 적지 못해서
열세가지의 얼굴로 달력을 찢곤 했지

당신이 골목마다 철썩이는 강을 들여놓고 사라지면
내 영혼은 속눈썹까지 젖어 아무것도 볼 수 없었지

당신을 건너다가 발목이 삐면

세상 모든 꽃 모가지가 뚝뚝 부러졌지

북경 나비

꽃이 비행기를 탔다

흑장미 한송이 사달라며, 중국 소녀가
달리기 시작한 공항버스에 매달렸다

꽃과 함께 야간 비행기를 탔다

이 거친 꽃잎들
누더기를 입은 소녀의 그늘 몇겹 흔들린다
그늘진 꽃잎 속으로 걸어 들어가자
오솔길 옆으로 늘어선 회색 집들
작은 마을 끝으로 바다의 푸른 비늘
나비물고기들이 멀리멀리 날아가고 있었다

나는 하늘에 있었다
꽃과 함께

왜 내게 왔을까?
이 꽃잎들

비행기는 나비물고기를 좇아 떠났다

남경에서 북경까지
점점 작아지는 불빛들
공중에서 꽃은 불안하다
바들바들 떨며 절규하는
위태로운 꽃 한송이
헤엄치듯 북경에 간다

꽃 피는 절망들이 나비 되어 날아간다

멀리 두바이에서는 내일 질 꽃잎이 떨어진다

웅덩이, 여자

요나!
너는 말하지
구부러진 등 안에 지구의 웅덩이, 화장터가 있어요

그녀는 사과 상자를 껴안은 채
달의 주변을 맴돈다

요나!
너는 말하지
어제는 너무 늦게 도착한 말, 오늘은 빚만 남은 정거장
내일의 그림자를 떨어뜨렸어요

그녀의 구멍 뚫린 심장에서 빠져나온
내가 내다 버린 집들

죄를 나누어 가진 밤의 길고 집요한 혓바닥들
기차는 요나를 버리고 떠났다

시를 쓴다는 것이 어쩐지 죄를 짓는 것만 같구나

요나!

너는 말해도 소용없지

가족 모임

그들은 가족처럼 보였다

케이크를 나눠 먹고
차를 마셨다
웃었다
말을 많이 했다
말을 하다가 삿대질을 했다
울었다
언성이 점점 높아졌다

내버려둬! 난 열심히 살았어!
나 같으면, 안 그랬을 거야. 정말.
제발 그만해!

소음 같았다
병이 깨지는

바람이 문종 소리 틈으로 자꾸만 들락거렸다

너덜너덜한 말들을 비집고 크레셴도! 크레셴도! 음악이 커졌다
데크레셴도, 데크레셴도, 나는 숨죽이며 계속 자판을 두드렸다

그들은 얼룩이 묻은 얼굴로 카페 문을 열고 나갔다
스타카토! 스타카토!

바람이 실내악 악보를 들고 급히 그들을 따라 나갔다

그들은 등을 보이며 나갔다

가족처럼

사라진 것들

집에 가면 집이 사라졌다
학교에 가도 학교가 사라졌다
은행과 우체국, 오래된 극장과 경양식집까지
모두 내가 가기만 하면 사라졌다

구름은 함께 흐르다가 흩어진다
흩어져서야 비로소 구름이 되어간다
그러니 아쉬워 말자고 비에게도 말하자

물 위에 그림자를 벗어놓고 가면
한 그림자가 와서 흔들리는 그림자를 건져 간다
그림자들을 섞으면 밤이 된다

바람이 입속으로 흘러 들어오면
졸피뎀을 먹고도 잠을 잘 수가 없다고

죽음에 대해서
너는 언제나 구체적이다

누군가는 살아 있고
누군가는 죽어가는 밤

삶의 농도는 맞추기 힘들다고,
바람이 조심조심 문을 닫고 있다

그림자와 재

물에 젖은 무거운 그림자를 벽에 기대어놓았다

벽의 틈으로 들어가면

꿈의 절개지

꿈의 낭떠러지

꿈에도 금이 가면

그 틈으로 무엇이 빠져나가나

꿈의 틈으로 들어가자

커다란 아버지 그림자가 엄마 그림자를 벽에 내리치고 있었다

용서라는 말을 구겨서 벽장 속에 꼭꼭 숨겨두고
새의 날개를 저주하던 밤이었다

자꾸만 그림자 밖으로 달아나는 영혼을
그림자 안으로 집어넣고 나는

붉은 꽃잎에 손을 담근다
노란 달빛에 발을 담근다

뜨겁고 춥다

밤은 그림자를 제조하는 거대한 공장
그림자들은 사라지는 영혼들을 잠시 앉혀놓고
줄어들거나 늘어나는 마음을 식혀주고 있었지만
믿을 수 없었다

아버지 그림자가 죽어버린 엄마 그림자 밑에서 울고 있었다

그림자들이 재가 되어 조금씩 무너지고 있었다

그리고

그날은 눈이 많이 내렸다고 한다.

「그리고」라는 공연을 했던 무명 가수는 S가 데려온 해피라는 개를 보며 중얼거렸다.

개가 죽었어! 사람만큼 큰 개였지. 형 개였는데, 내가 돌보다가 죽어서 뒷산에 묻었지. 산 중턱에 내려와 쉬고 있는데 형 친구가 커다란 자루를 메고 지나갔어. 내 자루였지. 형에게 가서 따졌어. 형! 친구라는 사람이 어떻게 그럴 수 있어? 내가 제사까지 지내줬다고! 형이 말했어. 사람이라서 그래. 사람!

아직 살아 있는 개를 보면서 죽은 개를 불러오는 무명 가수의 입속으로

함박눈이 내렸다.

간간이 대설특보 자막이 꽁치찌개 속으로 풍덩 빠졌고,

우리는 해피의 눈 속으로 내리는 눈을 보다가

죽은 개와 눈길이 마주치기도 했다.

창밖에는 눈이 펑펑 내렸고
눈길에 사람들이 미끄러졌고
무명 가수는 검은 안경을 쓰고 노래를 부르기 시작했다.

눈발 날리던 오늘이 거의 다 지나가고

그리고

내일이 미끄러지고 있었다.

개를 수식하는 말들에 관한 메모

큰 개

크고 검은 개

크고 검고 난폭한 개

물통 옆에 크고 검고 난폭한 개

물통에 담긴 물고기를 보는 크고 검은 개

물통 밖으로 나와 날아다니는 물고기를 보는 검은 개

돌문 위의 먹구름 속으로 날아가는 물고기를 보는 개

먹구름이 된 물고기를 보다가 낮잠에 빠진 검은 개

낮잠 속에서 먹구름을 먹다가 물고기가 된 큰 개

돌문 안에 돌문, 돌문 밖에 돌문, 물고기와 개

물고기가 된 개를 보는 돌문 위의 새

물통 안의 먹구름

물통 밖의 물고기

돌문을 두드리는 검은 개들

당신은 나에게 새로운 마술을 보여주려고

새와 먹구름을 기르던

검은 모자를 바꿔 썼다

텔레비전

파도와 칼이 지나간,
아귀의 배 속에서 나온
조기와 오징어의 눈은
살아 있다

어느 흐린 날은
어느 발이 놓친
검정 장화도 나왔다고
빨간 고무장갑을 낀 여자가
네모난 상자 안에서 이쪽에다 말했다

검은 입속에 커다란 눈이 있다

감지 않는 눈

줄이 그어진 눈

심야에도 꺼지지 않는,

걱정 인형

너의 방은 인형들로 둘러싸여 있었다. 빼곡한 인형들 사이에서 너도 파리한 인형 같았다. 모서리가 있는 곳마다 인형들이 매달려 흔들거렸다. 어떤 인형은 등을 보이고 있었고, 어떤 인형은 엎어져 우는 것 같았지만, 인형들은 모두 웃고 있었다.

억지로 박힌 눈알들,
웃는 것들과 함께 있으면 더 슬퍼져

낮에는 인형 공장에 다니고, 밤에는 인형뽑기를 하고, 걱정 많은 너는 인형들로 포위되었다. 내가 너의 마지막 방으로 갔을 때, 너의 울음은 번식하듯 점점 퍼져나가 사이렌 소리 같았다. 너의 방은 울음 공장이 되었고, 인형들은 너의 울음에 갇혀버렸다.

유빙처럼 방 안을 둥둥 떠다니던 울음덩어리들

잠시 고요해지자 인형들 배꼽에서 노래가 흘러나왔다. 너는 듣지 않으려고 귓구멍을 밀랍으로 단단하게 봉했지만 소용없었다. 노래가 끝난 인형들은 몸통 속으로 팔다리와 머리를 집어넣고 너의 방에서 탈출했다. 문밖에는 개들이 심하게 짖고 있었다. 인형공들은 굴러서 멀리 달아났다.

언젠가 너는 거의 다 자란 아이를 밖으로 끄집어내고, 큰 인형을 사달라고 했다. 어디서 개 울음소리가 들리는 것도 같았지만 나는 개를 닮은 커다란 곰 인형을 사주었다. 네가 화구(火口) 속으로 완전히 사라지자, 내 안에서 너의 인형들이 자라났다. 제1의 인형, 제2의 인형, 제3의 인형, 제4의 인형……

걱정 마!

걱정은 걱정 인형에게 맡기고

어디선가 사이렌 소리가 들렸다. 문밖에 응급차가 도착했다. 팔다리가 밧줄에 묶인 채 너를 닮은 사람들이 어딘가로 실려 갔다. 정신병원에서 탈출한 인형들이 문밖에 긴 줄을 섰고, 나는 인형의 무리 속으로 걸어 들어갔다. 걱정 많은 정신은 집에 가두고, 파리하게 목이 꺾인 인형처럼.

지구 위의 지구본

지구를 수리하려고
녹색 가방 안에서
십자드라이버를 꺼내 들자
지구본이 박살 났다

천국은 지구 밖에 있겠지
지구만 박살 내면
누구나 천국에 갈 수 있을 거야

아니
하늘도 다 박살 내는 거야
그럼
하늘에선 누가 기도를 들을까
뒤집어진 바다에선 누가 기도를 들어줄까

하늘 밖에선 새떼가 날아가고 날아가고

물에 불은 얼굴들
십자드라이버를 들고

박살이 난 지구본을

수리하러

돌아오고 있는 일요일

생장등

아침에 눈을 뜨니
거짓말 같은 봄이 문을 부수고 도착해 있었다

꽃이 피었는데
그 꽃을 믿어야 하나
어디까지 믿어야 하나

이 봄
끔찍한 과거가
미래라며 붉은 잇몸을 보여준다

지구 도처에서 검은 연기를 내며
이상한 꽃들이 피어나고 있다
지구본을 돌리면 나는 중심에 서 있는 것 같지만
그 중심이 지금 멈추지 않는다

보고 싶지 않아도 보이는 당신처럼
가짜 햇빛인데도 꽃들이 자꾸만 피어난다

봄이라고 봄이 왔네
꿈에 붉은 칸나가 웃고 있었어
만지니 비닐이었지
그래도 죽음에게 물을 주었지
지하 계단을 밟고 구근까지
잘 내려가보라고
살아남아보라고!
여긴 햇빛도 다 도망가버렸네

북향집에 사는 나는
죽어가는 식물들 때문에
어쩔 수 없이 생장등을 켠다

그 빛으로 숨은 낮을 찾아낸 밤
꽃은 피면서 시들어갔다 절망도 없이

어디까지가 꽃인지 꽃을 꽃이라고 부를 수 없는
이 참담한 봄날에
나는 얼굴이 구겨져서 도저히 밖으로 나갈 수가 없었다

마트료시카

문을 열면
문이 있었다

그 문을 열면
또 문이 있었다

문의 문을 열면
내 얼굴들 쌓여 있고
문밖에는 똑같은 눈들이 차곡차곡 쌓여가고 있었다

나는 문의 문을 계속 열고 나갔지만

어제의 얼굴을 다 빠져나올 수가 없었다

| 해설 |

고양이들은 밤의 감정을 노래한다*

강경석

1

이설야의 첫 시집 『우리는 좀더 어두워지기로 했네』(창비 2016)에는 제호가 미리 주는 인상에 값하듯 도시 변두리에 버려진 낡고 오래된 것들의 이미지가 빈번하게 등장한다. 쇠락하는 인정물태(人情物態)에 대한 향수처럼 받아들여질 여지가 있지만 이설야의 시가 내거는 '어둠'의 함의에 대해서는 아직 해야 할 말이 많이 남아 있다. 이 어둠이 단순히 빛의 반대편에 놓인 소외와 비참, 슬픔과 상처만을 뜻하는 것은 아니기 때문이다. 따라서 어둠의 고유한 의미와 질감을 어떻게 요해하느냐가 관건이다. 이번에 펴내는 『내 얼굴

* 「봄의 감정」(이 책 40면)에서 인용.

이 도착하지 않았다』에도 죽음과 상실의 이미지가 도처에 그늘을 드리우고 있어 첫 시집의 연장선상에서 접근하게 되는데, 여기서 그것은 우선 '저수지'의 형상으로 포착된다.

검은 숲과 새들이 몰려오고
별들이 지나가다 빠지고
바람은 축축하게 젖어 더러워졌다

내가 손을 놓친 그림자들
다 쓰지도 버리지도 못한 어제의 얼굴들
물풀처럼 서서히 떠오른다

—「저수지」 부분

이 저수지가 "어둠을 말아놓은 종이컵처럼/쉽게 구겨지는 마음/찢어지기 싫은 마음"과 같이 화자의 소란스러운 내면에 관한 비유라는 것은 어렵지 않게 파악할 수 있거니와 여기서 "다 쓰지도 버리지도 못한 어제의 얼굴들"이 "물풀처럼 서서히 떠오"르곤 한다면 이를 무의식의 은유로 풀어볼 수도 있을 것이다. 하지만 선부른 개념화 대신 바닥으로 흐르는 물의 성질에 유의하면서 이와 연관된 다른 작품을 덧대어보는 것이 좀더 생산적일 듯하다. 가령 「밑」에서 '너'는 "더이상 내려갈 수도 없는/밑으로 내려가/밑의/밑이 되었"다고 진술된다. '응급차'나 쏟아져버린 '알약' 같은 시어

들로 미루건대 '너'는 어떤 병을 얻어 "밑이 다 빠질 것"처럼 견디기 힘든 고통 속에 세상을 떠난 것으로 보이는데, 다른 시에서 "옷을 맡긴 여자는 병원 뒤쪽으로 황급히 사라졌다. 동생이 잠시 갇혔던 곳"(「백색 그림자」)이라는 대목까지 참고하면 「밑」이 동생의 죽음에 관한 시라는 짐작도 가능하다. 그러므로 죽은 육신이 땅에 묻히면 영은 하늘로 떠난다는 오랜 믿음에 따라 "밑"이 곧 "하늘"이기도 하다는 이 시의 역설은 자연스러운 것이 된다.

> 생의 밑이 다 빠져나가고
> 중력을 놓친 것들
> 물구나무서면 밑은 하늘이 되겠지
> 그 하늘에 줄줄 새는 것들 모두 돌려보내면
> 너는 쏟아지겠지
> 햇빛을 발로 툭툭 차던 내가 되겠지
>
> —「밑」 부분

"네가 먹던 알약들이 쏟아지는"(같은 시) 하강 이미지의 '밤'을 '햇빛 쏟아지는 하늘'로 들어 올리는 상상은 앞서 인용한 「저수지」의 수면에 비친 숲과 새와 별들의 데칼코마니를 연상시킨다. '나'는 중력에 맞선 물구나무서기를 통해 저수지가 자연 속에서 무심히 해내는 일을 애써 재연하고 있는 셈이니 이들 작품에서 낮과 밤, 상승과 하강의 통상적 구별은 그 역전 가능성으로 인해 유동화된다. 이 유동성이 만들어내는 모종의 깊이(밑)야말로 이설야 시가 탐구하고 있는 '어둠'의 진정한 출처다. 그것은 낮과 밤의 씨앗을 함께 품은 모순으로 가득 찬 삶 자체의 깊이와 다름없으며, 혼신의 힘을 다해 벗어나야 할 어떤 국면이 아니라 오히려 끈질기게 파고들어 그 세목을 낱낱이 들추고 저마다 얼굴을 찾아주어야 할 발밑의 유일한 현실이 된다. 어둠이 "거리를 떠도는" "입 없는 얼굴들"(「입 없는 얼굴들」)처럼 아직 말이 되지 못한 무언가들로 우글거리는 비밀의 대지이기도 하다면 하늘과 밑을 뒤바꾸는 '물구나무서기'가 시 쓰기의 닮은꼴처럼 보일 여지 또한 얼마든지 있을 것이다.

2

그래서인지 이 시집에서는 길에 쓰러졌거나 바닥을 기어다니는 존재들이 자주 목격된다. "화물차에 치인 커다란 개"(「개미집」)나 "아스팔트 위에서 오토바이와 함께 쓰러"진 "배달 가던 소년"(「배달 소년들」), 고양이(「봄의 감정」「빛」「상자」), 벌레(「개미 그림자」「유령 벌레들」) 등이 대표적이다. 시인은 시 쓰기를 통해 "눈물을 퍼 올리던/맨 밑바닥으로/천천히/밧줄을 던지는 중"(「입 없는 얼굴들」)인 것이다. 이때, "창밖은 깜깜한 허공/눈먼 나비 한마리 날아가는 걸 놓쳤다"(「목」)

는 이 시집의 첫 시가 정지용의 「유리창 1」(1930)을 비튼 일종의 제망매가(祭亡妹歌)라는 점도 동시에 떠올릴 필요가 있다. 그래야만 바닥의 환유인 모든 낮은 존재들이 비로소 시인의 새로운 형제들로 거듭나게 되기 때문이다. 이 밑바닥 존재들에 대한 혈연의식이야말로 이설야 시의 요체이다. 시인에게 저만치 물러선 타자가 아닌 밑바닥의 동료로서 발언할 권한을 부여할 뿐 아니라 자신의 일상 또는 내면을 다룬 작품에서조차 민중시적 감각을 끝내 잃지 않게 해주는 것은 시집 전반을 안개처럼 감싸고 있는 예의 혈연의식이다.

그러한 의식이 "용기를 내서 운명을 바꿨"(「이민자들」)던 파독(派獨) 간호사들의 투쟁으로, "뛰어내린 열차에서 간신히 살아남아 달리고 또"(「난민들」) 달려야 했던 카자흐스탄 여자의 삶으로 시인의 마음을 이끌고 때로는 "몇년째 도서관 열람실에서 자신의 생을 열람하고 있"(「열람」)는 세 사내의 가망 없는 꿈을 침통히 들여다보게 한다. 그리하여 「설탕과 계절노동자」에 다다를 즈음엔 고통스러운 제망매가로 문을 열었던 이 시집이 밑바닥 존재들의 사해형제(四海兄弟)로까지 상승하고 있음을 뚜렷이 목도하게 된다.

우리는 누대로 이민자들, 난민들
계절노동자들이 세상 곳곳에 눈물로 배달했던 설탕은
달콤하게 녹아내리는데

궤도를 잃고

헤매고 또 헤매는

발바닥이 타들어가는 우리는

재 묻은 얼굴을 서로 닦아주었다 굴뚝에 갇혀

글뤽 아우프! 글뤽 아우프!

안부를 묻는다

—「설탕과 계절노동자」 부분

'글뤽 아우프'(Glück auf) 즉 '살아서 돌아오라'는 말이 평범한 인사를 대신하는 한계상황은 "우리는 길게 누운 그림자를 접는다/반을 접고/반의 반을 접고/다시 반을 접어 마침내/발 하나로 서로를 업고 있는 그림자들"과 같은 위태로운 모습으로 시집 도처에 출몰하지만 이곳이 아닌 '저편'은 아직 "흐릿하게/안개등을 켠 세계"(「저편」)에 지나지 않는다. "더이상 내려갈 수도 없는/밑"(「밑」)의 수많은 변주는 적어도 이 시집의 내적 논리상으로는 모두가 하늘이 될 잠재성을 지니지만 그러한 역전이 아무 때나 쉽게 실현되는 것은 아니기 때문이다. 중력을 이겨내야 하는 물구나무서기의 속성이 그렇듯 그것은 한시적이고 아슬아슬한 것이다.

다른 한편 예의 혈연의식이 지닌 양가성에도 주의할 필요가 있다. 그것은 낮은 존재들에 대한 태생적 친밀감과 사랑에서 출발하지만 이 세계에 미만한 고통의 신음들을 남김없이 짊어지기란 역부족이기 마련이므로 언제고 무력감에 부덮힐 수밖에 없다("매일 다른 밤이/같은 내일을 데려온다", 「자세」). 이 무력감이 때로 방관자의 죄의식을 낳고("죄를 나누어 가진 밤의 길고 집요한 혓바닥들", 「웅덩이, 여자」), 죄의식은 그것을 떨쳐내려는 위악을 부르며("죽는 건 참을 수가 없으므로/한때 붉었던 꽃잎들도 모두 으스러뜨렸다", 「목」), 위악은 다시 부채가 되어 점증하는 것이다("네가 화구(火口) 속으로 완전히 사라지자, 내 안에서 너의 인형들이 자라났다. 제1의 인형, 제2의 인형, 제3의 인형, 제4의 인형……", 「걱정 인형」). 하지만 이 악순환이 세계에 대한 도덕적 책임의식에서 비롯된다는 점이 중요하다. 그게 아니라면 도처에서 벌어지는 모순적 현실을 증언하는 작품들과 어떤 무게로부터 벗어나려 시도하지만 끊임없이 쫓기는 중인 자신을 형상화한 다음과 같은 시들의 동거를 이해할 길이 막연해지기 때문이다.

단 한번도 만난 적 없지
당신은 평생 내 뒤에서 나를 벌하는 자
거친 혓바닥으로 머리카락에
흐르는 죄를 받아먹는 자
발을 지운 당신은 경계를 침범하는 자
간유리처럼 늘 희미하게 끼어 있는 자

(…)

꼭꼭 숨어 그림자를 다 파먹는
나의 나
나의 애인인 뒤통수들

—「하이드비하인드」 부분

밑바닥으로 내려갈수록 우심해지는 "생활이라는 불안"(「증상들」)은 그에 대한 혈연적 책임감을 키울수록 더 큰 무력감을 불러들인다. 그러므로 '마스크로 가린 얼굴'이나 '입이 없는 인형' 같은 침묵의 표상들과 이 시집에 유독 자주 등장하는 '벽'의 이미지는 사실상 같은 의미망에 속하게 된다. 따라서 『내 얼굴이 도착하지 않았다』가 제기하는 핵심적 질문은 '어떻게 이 벽을 넘을 것인가'일 수밖에 없다. 물론 명쾌한 해답으로의 직핍을 작품 안에서 기대하기는 어렵겠지만 힌트가 전혀 없는 것도 아니다.

우리는 벽을 조금씩 밀었다

한 손에는 꽃을 들고
한 손에는 죽은 물고기를 들고

반대편에서 던진 벽돌로 벽은 높이 올라가고 있었다
각자 던진 벽돌을 세면서

어차피, 벽엔 또다른 벽돌이 쌓이겠지
어차피, 넌 벽 속의 또다른 벽돌일 뿐이야

한 발과 또다른 한 발이, 벽 아래 그어진 금을 넘는다

그것은 벽 속에 낀 그림자를 꺼내는 일
우리가 우리를 넘는 일

조금씩 허물어지던 벽이 등을 돌려,
우리는 각자의 얼굴을 깨기 시작한다

—「벽 속의 또다른 벽돌」 전문

핑크 플로이드(Pink Floyd)의 명반 『The Wall』에 수록된 「Another Brick in the Wall」을 차용한 이 시는 벽의 상징을 구체적 정황에 매어두지 않음으로써 추상화되는 측면이 있지만 그에 못지않은 확장 가능성 또한 지닌다. 부수고 나아가야 할 벽이 바로 우리 자신의 얼굴이기도 하다는 문면의 메시지는 '우리'라는 인칭대명사의 도입으로 어떤 정치적 맥락을 지니는 것처럼 보이는데, 그것은 이즈음의 우리 독자들과 시인이 함께 통과했거나 하는 중인 역사적 경험(이를테면 촛불광장의 경험 등)을 환기시키기 때문이다. 이 시의 정치적 알레고리가 알레고리 특유의 추상성을 벗고 예외적 실감으로 다가오는 근거도 다른 데 있는 것이 아니다. 우

리 자신이 우리의 벽이라는 인식의 전환이 이루어진 뒤라면 시적 방법론의 변화가 따라붙는 것도 자연스럽다. 이 시집에서 예외적으로 발랄한 톤을 지닌 다음 시는 방법론적 전환의 정수를 담은 사례라고 할 수 있다.

> 큰 개
> 크고 검은 개
> 크고 검고 난폭한 개
> 물통 옆에 크고 검고 난폭한 개
> 물통에 담긴 물고기를 보는 크고 검은 개
> 물통 밖으로 나와 날아다니는 물고기를 보는 검은 개
> 돌문 위의 먹구름 속으로 날아가는 물고기를 보는 개
> 먹구름이 된 물고기를 보다가 낮잠에 빠진 검은 개
> 낮잠 속에서 먹구름을 먹다가 물고기가 된 큰 개
> 돌문 안에 돌문, 돌문 밖에 돌문, 물고기와 개
> 물고기가 된 개를 보는 돌문 위의 새
> 물통 안의 먹구름
> 물통 밖의 물고기
> 돌문을 두드리는 검은 개들
>
> —「개를 수식하는 말들에 관한 메모」 부분

"물통 밖으로 나와 날아다니는 물고기"라는 일종의 판타지적 상상의 개입은 앞서 누적된 벽의 심상이 "돌문"으로

전환되는 계기가 된다. 벽을 문으로 바꾸는 상상은 '밑'을 하늘로 전도하는 '물구나무서기'에 방불하며, "개를 수식하는 말들"을 끊임없이 지우고 다시 쓰는 반복을 통해 '개'는 점점 더 있는 그대로의 '개'로 구체화되어간다. 그렇다면 그것을 마술이라고 부르지 못할 이유도 없을 것이다. "당신은 나에게 새로운 마술을 보여주려고/새와 먹구름을 기르던/검은 모자를 바꿔 썼다"(같은 시). 바닥의 환유일 이 '개'를 있는 그대로 시화(詩化)하려는 간단없는 '모자 바꿔 쓰기'가 곧 벽을 문으로 바꾸는 상상이자 밑을 하늘로 바꾸는 물구나무서기이며, 다름 아닌 이설야의 시 쓰기라고 할 수 있다. 이러한 시 쓰기 방법은 사실 이 시집의 무거운 외관에 가려져 얼른 눈에 띄지 않지만 도시의 구석구석을 누비며 달을 찾는 「붉은 달」의 숨바꼭질 이미지 같은 예에서 보듯 어린아이의 놀이나 자유연상을 닮기도 했다. 그러한 상상적 도약은 심리적 부채에 대한 위악의 퇴행심리와 동전의 양면을 이룬다.

3

그러나 이 시집에서 그러한 양면성의 적절한 균형을 기대하기는 어렵다. 그 이유는 시인의 한계가 아니라 이 시집이 놓여 있는 세계 자체의 중력 때문이라고 해야 온당할 터인데, 죽음과 위기와 비참으로 얼룩진 수많은 '너'들의 "슬픔의 밑바닥을 천천히 답사하는 중"(「밑」)인 시집이니만큼 그것은 어느 정도 불가피한 면모이기도 하다. 하지만 그것으로 끝은 아니다. 『내 얼굴이 도착하지 않았다』를 뒤덮고 있는 죽음의 공기는 그저 무겁고 고요하게 내려앉아 있기만 한 것이 아니라 어떤 임계점을 향해 팽창하는 중인 것처럼 보이기도 한다. "안개처럼 가슴에 차오르는 가스"인 듯 "입으로는 다 말 못"할 그것들이 "불을 붙이면 터질지도"(「위험고압가스」) 모른다는 예감이 어디서 비롯된 것이건 "박살이 난 지구본을/수리하러/돌아오고 있는 일요일"(「지구 위의 지구본」)은 이미 이 세계의 창조신화를 비틀고 있다. "뒤집어진 바다에선 누가 기도를 들어줄까"(같은 시)를 묻는 파국의 위기감이 자본주의 문명을 배경으로 한다는 것은 더 말할 나위 없다.

그래 지나간 것은 아름답지
아름답다고 믿어야 아름다워지는 우리는
문 열린 냉장고가 쇄빙선처럼 지나가는
플라스틱 섬과 섬 사이
검정 비닐봉지를 뒤집어쓴 채
매일 떠다닌다

동굴 속에서 인간을 꿈꾸던 곰의 얼굴

창을 열면 눈사람처럼 내려온다
어제의 눈송이들과 내일의 눈송이들 함께 흩날리고

너는 녹고 있었다

빙하처럼

검은 눈송이처럼

—「플라스틱 아일랜드」 부분

이 시에서 녹아내리고 있는 것은 당연히 북극의 빙하만이 아니다. 물신의 적나라한 껍데기일 뿐인 "검정 비닐봉지"의 세계에서 단단한 모든 것은 가뭇없이 녹아 사라진다. "동굴 속에서 인간을 꿈꾸던 곰의 얼굴"이 가리키는 신화시대에서 "빙하 조각에 간신히 매달린 앙상한 곰 한마리/북극 섬까지 간 오뚜기 마요네즈 통과 함께/내 손바닥으로 흘러내리는" 오늘에 이르기까지 그 과정에는 중단이 없다. 시인은 이제 "없는 평화를 복제"하는 "지구의 너무 많은 신들"(「증상들」)이 망가뜨린 "뒤틀린 질서의 계단"(「리셋」) 가운데에서 문명의 전환을 묵상한다.

고장난 컴퓨터를 리셋했다
인터넷을 설치하지 않으니 바이러스가 저절로 차단되

었다

악성 발톱들 뒷걸음으로 사라졌다

마음의 지진도 잠시 멈추었다

아스팔트도 고요해

지층 아래로

저 아래로

물방울이 한방울씩 천천히 떨어지는 소리까지 들렸다

—「리셋」 부분

여기서 자연의 형상이 흐릿한 대신 도시의 악다구니가 전경화되곤 하는 이설야의 시 세계가 느닷없이 생태적 비전을 향해 비약하리라고 단정할 필요까진 없을 것이다. 시인은 다만 어떤 전환의 예감 속에서 붕괴 직전의 긴장으로 팽팽한 이 도시문명 위를 밤 고양이처럼 소리 없이, 한걸음의 무게도 더하거나 누락하지 않는 신중함으로 천천히 답사할 뿐이다. "바닥의 바닥까지 내려가"(「입 없는 얼굴들」) "고요한 눈으로/침묵하는 입술로/세상을 다 담아버린 귀로"(「상자」) '나'의 형제들인 바닥의 존재들과 함께 "길을 하나 더 내면서"(「빨간불」) 이 밤을 건너가야 하기 때문이다. 다른 어떤 선택이 가능할지 우리가 아는 것은 많지 않지만 이 낮고 조용한 횡단에 동참하기를 주저할 이유는 아무것도 없다.

姜敬錫 | 문학평론가

| 시인의 말 |

한때 나는 시인이 되기 위해서
단 한줄이라도 다르게 쓰기 위해서
세상의 모든 시를 다 읽어야 한다고 생각했다.

그렇게 시작한 공부는 길어졌고
끝이 보이지 않았다.
그러나 시 한줄보다
사람이 중요하다는 것을 이제야 알아간다.
내가 못 읽어본 시와 못 가본 사람 들은
미래의 시가 되어줄 것이다.

언제나 처음 같다.
시는
그 모든 백지는

나는 아직도 시인이 되려고 노력하는 중이다.
무엇보다 사람이 되려고 노력하는 중이다.

살아 펄펄 뛰는 심장을 가진 사람이!

이제 우리는
예기치 않은 폭풍 속에서 흔들리겠지만
구겨진 얼굴을 펴서 겨우 문밖으로 나선다.
아직 도착하지 않은 수많은 얼굴을 찾아서
나는 매일 쓴다.

2022년 5월 인천에서
이설야